想 成 为 一 名 成 功 者 , 必 须 先 做 一 名 奋 斗 者

——【德国】舒 曼

美术

考生

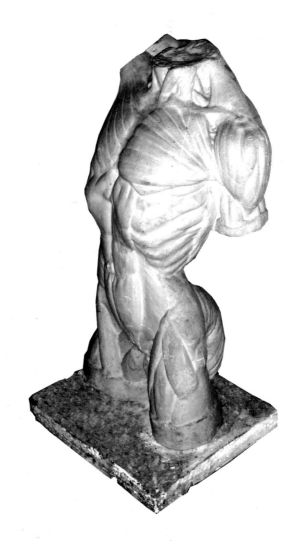

美术考生

艺 著

学子小传系列

★ 一个催人奋进的故事
★ 一首尘封已久的歌
★ 一段对美术考生有实实在在帮助的经历

上海大学出版社

责任编辑：杨万里

摄　　影：赵　琼　千　艺　于江涛等

图书在版编目（CIP）数据

美术考生／千艺著.－上海：上海大学出版社，
2006.11
（学子小传系列）
ISBN 7-81058-999-7

Ⅰ.美… Ⅱ.千… Ⅲ.美术－高等学校－入学考
试－自学参考资料 Ⅳ.J

中国版本图书馆CIP数据核字（2006）第109631号

学 子 小 传 系 列

美 术 考生

千　艺著

上海大学出版社出版发行
（上海市上大路９９号　邮政编码２００４４４）
（http://www.shangdapress.com　发行热线：６６１３５２１１　６６１３５１１
出版人：姚铁军
上海丽佳制版印刷有限公司　各地新华书店经销
开本：８９０×１２４０　１／３２　印张：3　字数:120 000
２００６年１１月第１版　２００６年１１月第１次印刷
印数：1-5 100
ISBN 7-81058-999-7/J·096

定价：18.00元

我的素描。

自 序

　　年复一年看着一群群参加美术高考而又名落孙山的考生，我实在替他们着急，我是一个出版人，在上海古籍出版社做了十年的美术编辑，现又担任着上海大学出版社艺术出版中心的主任，加之我也是从美术考生这条路走过来的，因此，总觉得有责任为美术考生做点什么！仔细考虑一下，现在图书市场上，素描、水粉画和创作画的书籍铺天盖地，再重复劳动编写这类书籍似乎没有太大意义。

　　那就告诉考生们一种走向成功的方法吧！也许会对他们有些帮助。像达利、安迪沃霍尔、巴塞利茨这些艺术大师们的成功之路对中国一个普通的美术考生来说，借鉴价值似乎少了一点，而对他们最有借鉴价值的东西，那可能就是我所走过的路，相信这条路即使在今天也会对美术考生有所启迪，尤其对那些家境不好又想报考艺术院校的学生。因为我昨天的努力与他们今天的奋斗总有一些相似之处⋯⋯

千 艺

目 录

美术考生

追 梦 少 年

　　大雨过后，我肩扛着沉重的行李，脚趟着混浊的地面积水迈进了向往已久的上海戏剧学院大门。第一步终于跨出来了！时间是 1985 年 8 月 25 日 。

　　到大学报到的第一个晚上，我兴奋得无法入睡，虽然那一天寝室里只有两个人，特别的安静。记得白天的时候听学生处的老师说，我们班在全国共招了12名学生，东北来了两名，我当时第一反应就是感觉特别的幸运。随后在班主任王世同老师那里又得知了一个令我更加开心的消息，王老师告诉我："你的美术专业入学考试总分在学

他们为什么喜欢耕地？他们为什么不喜欢画画呢？

院本年级美术各专业的新生中排在第二名，第一名仅比你多1分，而你的文化课分数比第1名高出了140多分。"这确实算一个不错的成绩。想到这，我翻了一个身，眼睛有些湿润，陷入了深深的回忆之中……

　　记得很小的时候我就特别喜欢画画，9 岁时父亲领我拜见了一位美术

老师,这位老师在我家乡安达的百货系统颇有影响,从事的是实用美术,以橱窗设计和货架上的画板装饰为主要工作。第一次见到他的时候对他有些敬畏,他眼睛大大的,稍稍向外突出,个子不算高,穿着一件长长的深蓝色工作服,说话的时候有些酒的气味。父亲让我叫他崔老师,我叫了声:"崔老师。"就这样,我有了第一个美术老师。

最初在崔老师那里学习时,我只能用铅笔和圆珠笔勾一些单线小人,然后请他提一提意见,其余的学习任务就是在纸上刷浆糊,贴在广告板上。随着年龄的增长,刷浆糊水平的提高,崔老师开始教我在广告板上刷大面积的平涂颜色,挺好玩的,简单得像刷墙一样。那几年,我的大部分业余时间,就这样在崔老师的工作室里度过。

在此其间,有一件事对我震

在崔老师那里学习时,东北的天气特别冷!

动很大。我十三岁那一年的初春时候,哈尔滨来了一次日本绘画大师作品展,我听说后就向父母要钱去看展览,父母没有给我钱,我知道家里确实也没钱。怎么办?我和一位姓罗的小同学商量一下,两人就偷偷地从家中溜走,跑到县火车站,爬上了一列驶往南边去的油罐车,等到了哈尔滨我们就悄悄地混出站台。一路上左问右打听,总算找到日本绘画作品来哈尔滨的展出地。等见到这些作品时,我惊呆了:他们怎么这样画!都画了些

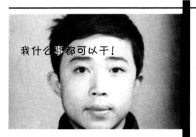

我什么事都可以干！

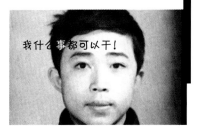

我什么事都可以干！

什么？一个小县城里的孩子确实看不懂什么，朦胧中感觉到绘画是由多种艺术语言组成，不像我简单的勾描作品。我们两个小伙伴在展览会中留连忘返，不知不觉到了展览会闭馆时间，我们突然想起来，得赶快回家。等我们匆忙赶到火车站时，当天已经没有再向北行驶的货车和油罐车。我们没钱买火车票，没别的办法，只能在火车站露天的广场睡了一觉。等到第二天我们搭乘货车回到安达的时候，我的嘴已经歪了，听人家讲这叫中风。家里没钱给我治疗，没过几天，上天倒也照顾我，没治竟然好了。

我第一次感觉到钱是多么的重要！

其实，在此之前我并不是一个乖孩子，经常领着一帮小哥们逃学，然后去野外打鸟；有的时候还带着他们跟其他街道的大孩子打群架。可是，我自从安心画画后就与喜欢打架的小哥们越来越疏远。这次从哈市回来后，我索性与他们分道扬镳了！

我想我应该攒点钱，下次看展览就方便了，如果攒的多，还可以买一套内衣穿，因为我现有的一套内衣从第一次穿的时候就已经补丁罗补丁了（母亲用哥哥的内衣帮我改做的），冬季每天早晨出去跑步时只能穿着厚棉裤。有什么办法攒钱呢？那个时期国家是不允许私人做买卖的，何况即便是允许，对我这个贫穷家庭的少年来说，也是没有任何本钱。可又不能做违法的事攒钱，想来想去，一年多就过去了。有一天突然想到邻居家好像是有点钱。

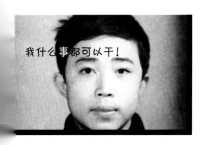

我什么事都可以干！

他们怎么攒的？对，他们家是靠掏厕所。这个活比较脏，我能干么？也只能这么干了！就这样，我每天早晨也不跑步了。白天上学，早晨晚上去掏厕所。当时东北的厕所比较深，人可以钻到下面去，有好几次上面掉下大便，落在了我脸上、身上。没办法！对当时的我来说，这是惟一的攒钱路子，只能这么干了。整整干了一个冬天，挣了 60 多元钱，这可是一个不小的数字，可以安心画画了！

11 岁时画的写生。那时什么叫
色彩关系我一点都不懂。

萌 生 宿 愿

恢复高考制度后，安达县有 3 位学生考入了绥化师范学校的美术系，我非常的羡慕，就向崔老师说想学一些参加美术考试的本领。崔老师很理解我的心情，他说："这里的纸、笔、颜料随便你用，你想画就画吧！"我问："我应该画些什么呢？""我替你打听一下。"他说。没过几天，他告诉我："听说美术考试需要画石膏像和水彩画静物。"就是这句话，让我以后的几年中为此付出了大量的心血和汗水。

石膏像什么样，我还没见过，没办法！只有请崔老师帮忙。崔老师这个人对我非常关爱，那个年月拜师学艺，是不支付任何报酬的，也就是年节请老师吃顿饭，送两瓶酒孝敬他。可是当时我的家境极差，就是请他吃饭，也没什么好吃的东西，现在想一想真是非常的过意不去。崔老师很帮忙，没几天就在他的朋友那里借来了一个贝多芬的切面挂像，从此每天我就用 16 开小的纸画这挂像。当时，什么叫素描，我实在不懂，只知道用铅笔把挂像各个小面勾出然后一点点的添黑、白、灰关系；每张画的好坏，我也不知道，完全没感觉。有的时候崔老师画画的朋友来了，我就请他们提提意见，可是他的朋友大多数时候还是说请崔老师帮你看吧！

崔老师看我这么痴心画素描，又爱莫能助，也很着急，有一天他说："我有一个朋友叫董武军，在东方红电影院里当美工，素描画得不错，我已经跟他介绍过你的情况，你去到他那里学一学。"我听了以后特别的高兴，能跟董老师学点素描，那真是我求之不得的好事，董老师在安达县很有名气，确实也画得很好，尤其是人物电影广告。

第二天我就带着一个很小的小画箱，来到东方红电影院。当走到董老师的办公室门前时，我的心怦怦地跳，毕竟这个董老师在安达美术界是个了不起的人物。默默地站一会后，我还是鼓起了勇气敲开了董老师的门。进门后，我抬头望了一下这位在当地名气很响的老师，见他较瘦弱，右眼下有疤痕，面部没有表情，我小声地说："是崔老师让我来找您。"他很平淡地说："我知道了。你想学素描？"他问。我回答："是的。"他说："我这里有个石膏像，你先画画看。"我看见台子上放了一个面孔较怪的石膏像（几年后才知道是古希腊戏剧家阿里斯托芬），我就靠近它，拿出了随身带来的纸笔。我的这张画纸只有 16 开大小，我拿铅笔的姿势也和写字一样，明眼人一看就知道我是个地道的"老外"。等我费了九牛二虎之力，照着石膏像一笔一笔地描完，董老师过来看了一眼，说道："你以后不要再来找我了，你的基础太差了，我实在没法教你。"

我当时不知如何是好，一切没有预料到，我望了望他。他说："你可以走了。"

我不知道是怎么走出他的办公室的，那种心情真是很难描述……

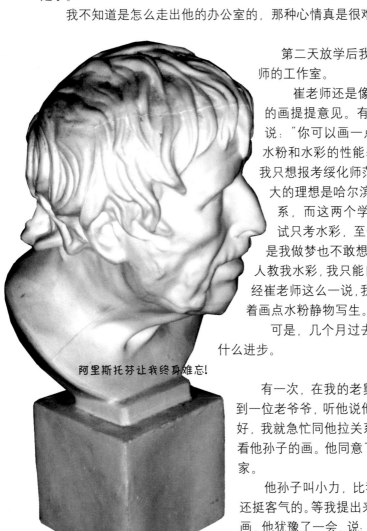

阿里斯托芬让我终身难忘！

第二天放学后我又回到了崔老师的工作室。

崔老师还是像往常一样给我的画提提意见。有一天他告诉我说："你可以画一点水粉画静物，水粉和水彩的性能差不多。"因为我只想报考绥化师范专科学校，最大的理想是哈尔滨师范大学美术系，而这两个学校当时色彩考试只考水彩，至于省外的学校，是我做梦也不敢想的。没办法，没人教我水彩，我只能自己练习，今天经崔老师这么一说，我也就开始尝试着画点水粉静物写生。

可是，几个月过去了我还是没有什么进步。

有一次，在我的老舅家里，偶然遇到一位老爷爷，听他说他的孙子画画很好，我就急忙同他拉关系，求他带我去看他孙子的画。他同意了，带我到了他家。

他孙子叫小力，比我大1岁，对我还挺客气的。等我提出来要看一看他的画，他犹豫了一会，说："可以给你看两张。"我看到的是两张水彩画，灰色调，画面构图很好，水彩画的特性也掌握得比较到位。

　　小力是我见到的第一个会画水彩画的人。他比我画得好，我一定要跟他靠近，这是我看了他的画后产生的第一想法。从此以后我没事的时候就往小力家跑，小力的家人对我很热情，后来时间长了，他们家的人也就把我当成朋友了。虽然已经和小力成了朋友，可他还是不太愿意让我多看到他的作品。

　　有一年春节前几天，天空下着鹅毛大雪，我冷得要命，有些发烧，可还是硬挺着向小力家走去，快到他家门口了，我想今天能否见到他画的新作？实在没把握！我突然想起来，崔老师借给我一本水彩画集，很棒！唉，我可以借给他看，他必然感谢我，让我看到他的作品。不过，以后他的新作还会给我看吗？不行！不行！这只能帮我一次，也许就是两次。

　　最后，我还是想出一个两全其美的办法，我转身顶着寒风走回家，取出了画集中的几张作品，又艰难地折回小力家。小力看到我带去的几张水彩画的印刷品，非常高兴，把他前两天画的素描、水彩画一道拿给我看，并且把他保留着的、安达当时最好学生画的作品也拿了出来。我如饥似渴地揣摩着这些作品，默默记下其中精妙之处。

　　过了一个星期，我再一次来到小力家时，见他急忙往被子下面藏东西，我视而不见。过了一会，我说："小力，我又在崔老师那里借来几张印刷品的水彩画，你想看吗？"小力急忙说："快给我看看。"我就不慌不忙地从怀里拿出几张印刷品水彩画，这一次又收到预想的效果。小力高兴之余，在被子下面拿出藏的东西，是一个笔记本，他告诉我说这是他的一个老师借给他的手抄本《色彩学》，我翻了几页，真是欣喜若狂，如同习武之人找到了武林秘笈。我央求小力借给我看吧！小力沉思了一下说："行，等我看完了。"

天空下着鹅毛大雪，我冷得要命，有些发烧。

　　我度日如年地等待了两个星期，小力也守信，还是把《色彩学》借给了我。我如获至宝,连用几个通宵把这本书抄写了一遍,空下来时就翻一翻,当时可能对色彩还没完全理解,然而已经有了一个初步的认识,为下一步学习打下了一个良好的基础。

有了一点点色彩学的基础知识后,我就联系几个要好的学画伙伴去郊外写生。有一个叫于江涛的学画伙伴是我们当中比较有灵气的,他画画完全凭感觉,用笔非常自然、生动,构图也很美,只是他对色彩学了解的特别少。现在想想他真可惜,如果有一位好老师指导他一下,他可能在绘画上就会有极高的造诣。

通过一段风景写生,我的绘画水平有了一定的提高。崔老师看了我习作说:"我没有经过科班训练,实在没办法让你在写生方面再有所提高。"他沉思一会,又说:"这样吧,你到卫生防疫站张老师那看一看,听说他在教学生画素描。"我很感激地看了老师一眼。

第二天,我去了县卫生防疫站,张老师很客气,他说他基本上不画素描,只是有两位学生在画,他仅仅帮助指导一下,我看了看他学生的作品,画的不错,是按俄罗斯的教学方法画的,只是他们过于强调阴影的效果。后来,我同张老师的一位学生成了朋友,他的绘画风格也给了我一定的影响。

我把在张老师那里的所见所闻如实地向崔老师作了汇报,崔老师想了很久。最后,他说:"安

第一次郊外写生,画面显得呆板。

达一百有位美工是哈尔滨师范大学美术系毕业的,也是咱们安达第一位从

师范大学毕业后分回来的专业人才。他是经过科班训练的，对考大学的一套方法应该知道，我跟他说一说你就到他那去学吧！"我一时说不出话来，太感动了！我早就听说过安达一百的这位老师，客观地讲在当时的安达县美术界，他是出类拔萃的人物。崔老师把我推荐给他，这真是我的荣幸，同时也感觉到这位平时喜欢喝酒、谈女人的崔老师真的很伟大。社会上其实有很多老师自己学识不高，可一直舍不得放手，不惜误人子弟，而我的这位老师，能够清醒地认识自己，能够为学生积极思考，能够为了学生的前途放下自己的架子去求助于同行。多年以后，每次想起这一点，都让我对他肃然起敬。记得当时我真想跪下给崔老师磕一个头，以示感谢。可是我没有这么做，只是说了声我以后会常来看您。

　　我已经抑制不住泪水，低头离开了我一生难忘的崔老师工作室。

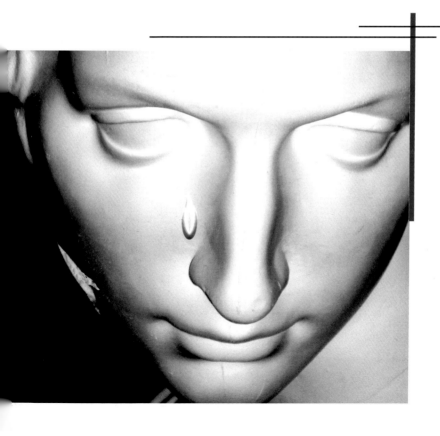

初 访 恩 师

天色灰朦,远远望去天与地似为一体,水沟上面的一层薄冰开始融化。有过积雪的土路在这个季节比较难走。我沉思着,慢慢挪动着脚步,觉得好像有一个新机遇,正等待着我……

1979年6月,我带着对未来美好的憧憬,来到了安达县第一百货商店的美工室。

安达第一百货商店是当时安达县最大的百货商场,在商品短缺的年代,在商场工作都是人们所向往的。在这里做美工,不言而喻也就代表了整个城市的美术水准。我小心翼翼地叩开了美工室的门:房间里有3个人,两个小伙子比我大几岁,一个中年人大约有40岁左右,看上去中年人特别沉稳,走路时腰挺的很直,浑身上下透着一股正气,脸上充满着自信但又不傲慢的表情。"您就是任老师吧?"我试探着对中年人问道。"我是任学忠。"他回答道。我急忙向前走过去,想跟他握一下手,可是当快靠近他时,我还是把手缩了回来。我说:"我是,哦,是崔老师让我来找您,是向您学画画的。"他上下打量我一下,说:"你把画的画给我看一看。"我赶紧把随身带来的习作递了过去,他仔细地看着我的画,说:"你的素描有些'花',不够整体,该肯定的地方不够肯定,线、面关系处理得不到位;你的色彩画得也不够明快。"我认真地听着任老师的教悔,琢磨着如何改进。最后任老师说:"这样吧,这几天我单位比较忙,过些天空下来我跟你们一起画一画,如果你愿意,这几天可以跟小闫、小伟一起画画板。"我听了以后,以为听错了,让我画画板?这可是安达最大百货商店的画板,是给安达几十万人看的,我的水平能行吗?看着任老师信任的目光,我有了勇气。

以后的几天我就为一百商店画画板。没有让任老师失望,虽然是第一次画那么大的画板,可是画出来的效果比两位师兄画得还要好些。当画板挂在前屋商场的时候,我似乎感觉到自己有了一点存在的价值,有了一些自信心。

忙过几天,任老师托人借到了一个石膏像,他和我以及两位师兄一起画起了素描。在画素描前,任老师说:"我给你们讲个故事。从前有一个人很饿,讨饭讨到两个馒头,吃下去,感觉还饿,后来又讨到两个饼,吃后觉得饱了。这个人就说:'我早吃这两个饼就好了。'"他说完后看看我我完全知道他的用意，但是我没说话。当时我年龄还小，他这个故事是提醒我别忘了崔老师，也暗示我所有的知识是靠日积月累，不能一朝一夕获得。我不会忘记任老师的提示！因为崔老师是我的启蒙老师，对我那么友好，我没理由忘记他，至于知识的积累，几年后才真正认识了他话中的这层含义。

任老师的素描画得比较严谨，画风主要是受俄罗斯学院派的影响，画出来的素描作品质感很好，经得起推敲。他的木刻作品也很有特色，非常注重大块的黑白关系，他的国画画得就更

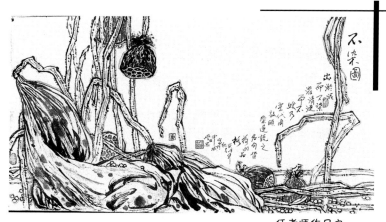

任老师作品之一。

任老师作品之二。

突出了，很可惜当时忙于学习考试必考的科目，没有时间跟他学到国画的基本功。

通过几个月在任老师这里的学习，我的素描水平又有了一定的提高。有一段时间，因为第一百货商店的领导对美工室练素描和水彩画静物很有意见，我们只能暂时停下来。

这个阶段正好县文化馆开办了美术补习班，很多学画少年都去美术补习班学习，我当然也不能放过这个机会。在文化馆开办的班里有了同学之间的竞争，学习的劲头越来越大，可以说是达到了如醉如痴的地步。很遗憾的是，文化馆只有一名老师受过正规的训练，他来自于绥化师范专科学校，在文化馆的两个月短训中，只有在他上课的时候我学到一点有益的东西。可是很多同学没有辨别能力，在这个短训班中越学越不知道怎么画画了！可以说已经误入歧途了。

我在安达县文化馆美术补习班时的写生作品。

步 入 社 会

转眼到了1980年6月，父亲为了我能有一个就业的机会，办理了退休手续，我接了父亲的班。

由于我酷爱画画，又在当时县里的青少年中有一点小名气，父亲就到处求人帮我在当地的第三百货商店找了份美工的差事。这份工作对于县城里学画画的少年来讲，实在是再好不过的工作了。

参加完了百货系统新职工的短训后，我就高高兴兴地来到了位于县铁路西侧的第三百货商店。同时参加工作的还有两个女孩子，一位比我大两岁，一位比我还要小。两位女孩子，都很可爱，对我也很友好。在两个美丽的女孩子面前，我似乎感觉到是个成年人了，而那时我实际只有17岁。

上班的第一天商店领导找了我们三位新职工谈话，希望我尽快为商店的店容店貌改变出一份力。这是我的职责，即使领导不说，我也得尽快行动起来。好在这些年就泡在我两位老师所在商店的美工室，应该说干这活还是轻车熟路。

我感觉到自己是个成年人了。

参加工作没有几天我接到了一个电话，是一个漂亮女孩打过来的。

这个女孩叫小倩，是我老舅的邻居，她的两个弟弟曾经跟我一起玩过，因而就同她熟悉。接到了小倩的电话，我的手都出汗了，也不知是紧张还是其他什么。她在电话里吞吞吐吐地说挺喜欢我的。当时我的脑子一片空白，因为还没有女孩对我这么说过，我不知该说什么，她随后约我第二天的中午在四道街的交通站附近见面。

那一天晚上我失眠了。

第二天快到中午的时候，天空突然暗了下来，接着电闪雷鸣，下起了北方罕见的大雨。其实那一天整个上午我都在犹豫，要不要去赴约。时间尤要到了，我赶紧拿起雨披骑上自行车飞快地奔向约会的地点，然而快到目的地时候，我突然停下来。远远望去，只见小倩穿着淡紫色的上衣，拿着一把淡黄色的雨伞，婀娜的身影在风雨中透着少女迷人的魅力。她正等待着我。我不敢向前走，实在害怕，不知道走近她以后会发生什么事，我咬了咬牙绕路离开约会地点。

　　回单位后，我觉得实在过意不去，就打电话请我的朋友小力帮忙到约会地点跟小倩说一声，我不想赴她的约会了！可是无论我怎么说小力就是不愿去，没办法，我只能自己去了！

天空突然暗了下来，接着电闪雷鸣。

然而当我快到赴约地点时，矛盾的心理又产生了。

我再一次地折回了！

到工作室后，想拿起画笔画画，却心烦意乱……

第二天上班的时候，我接到了小倩询问和指责的电话。我只能说："对不起，我现在只想画画，不想谈朋友，请你原谅。"

从那天起大约有一个星期听到电话铃声，我就有点不知所措，不敢接电话。小倩也可能再没有来电话！

听到电话铃声，我就有点不知所措。

　　那些天单位的工作我有些耽搁，几个同事看我有心事，问我怎么了，我都是笑一笑，没事的！

　　就这样，为了考大学这个理想，放弃了第一个追求我的女孩。

　　时间过得很快，转瞬间到了 1983 年，我照例每天风雨无阻，早晨 4 点

时间过的很快。

　　起床出去段炼身体，回来后就学习语文、历史、外语等文化课。上世纪八十年代东北的冬季天气特别冷，早晨实在不想起床，每次都是咬咬牙，儿

里念着:"考大学!考大学!"有时也给自己鼓劲:"十年寒窗苦,方做人上人。"

　　那年1月初,听画画的朋友讲,河北工艺美术学校在黑龙江省招生,省里负责此事的部门是二轻局。很凑巧二轻局有个负责人在解放战争年代当过我父亲的首长,父亲曾经在枪林弹雨中为他做通信员。由于这种关系,我

解放战争年代,父亲曾经在枪林弹雨中为现任省二轻局的负责人做通信员。

　　母亲说:"你去找找他,考试的时候会关照一下。"我很高兴,把自己的全部作品都翻出来,经过细心筛选,把5张素描、5张水粉画和10张水彩画

挑了出来。最后把挑出的每张画，又用白纸垫好，担心弄脏，然后小心翼翼地放在画夹内，准备第二天奔赴哈尔滨的老首长那里。可是临行前的那天晚上我一点没睡，想了很多、很多。看看身边的父母，我眼睛有些湿润。对一个只到过哈尔滨，在小县城里刚刚长大的人来说，河北实在太遥远了！更何况这次是托人考学，太丢人！不能去！

　　第二天早晨，母亲起来做饭，看到我还躺在炕上，就问我："你今天怎么没早起，不是要去哈尔滨吗？"我说："不去了！"母亲没说什么，她知道她儿子的个性，想的是什么……

触 及 情 恋

　　第三百货商店，正如他的名字，在当时的安达是第三大规模的商店。商店每年要更换一次营业室的画板和橱窗。大量的工作，再加上只有一个美工，也因此锻炼了我，很多画板我都采用了写实的手法去绘制，工作效率低了一点，但我的绘画水平不断提高。后来商店管总务的同事调走了，领导上决定让我兼总务一职，这样一来，我的绘画时间减少了很多。我感到可能需要换一个地方，要争取找一份多一点画画时间的工作。

　　由于我喜爱体育锻炼，每天早晨要出去跑步，慢慢地同一位练武术的老师傅熟悉了，他愿意教给我武术。

　　我不是很喜欢武术，最主要的原因是担心画画时间因此而减少。不过，在早晨学习武术期间我认识了一位气质极佳的女孩。这是我有生以来第一次被一个女孩真正所吸引住了！这个女孩长得并不是特别漂亮，但她言谈举止却是我从没见过的温文脱俗，一看就是大城市出来的有教养女孩。在众多学武术的男孩子中，我也引起了她的注意。两个人有意无意地碰面时就多谈几句。从交谈中知道，她叫梅子，父母从北京下放到安达，将来她家也要迁回到北京，她正在读高中，是在安达最好的中学——安达七中。

1983年初我开始习武。

　　我听说她在安达七中读书，就主动向她请教数学方面的难题，她也非常热心地告诉我。我虽然读过高中，可那是通过连跳两级毕业的。毕业时，有些科目，我连小学生都不如。为了考大学，高中毕业后我就从小学三年级课程开始自学，有时遇到难题就问邻居家小学四年级的学生。小学生有时候笑我，你这么大的人还学我们小学生的课程，我的脸红一阵、白一阵。

惭愧，谁让我当时不认真读书呢！就在邻居和一部分同学的嘲笑声中，我

习武时结识了小梅。

终于补完美术高考所要学的全部文化课程。这次遇到在安达读高中的梅子，对我来说是遇到一位能帮助我辅导文化课的老师。由于我的好学和对理想的追求，梅子渐渐地喜欢了我。

这次，我没有逃避，主动向她求爱，"我们能做朋友吗？"我鼓足了勇气问她。她脸上泛起红晕，沉默了一会，她低下头轻轻地说："可以。"

我很激动！但不知道接下来应该说什么……

第二天，我比平时早了两个小时到习武场地，梅子也早来了半个小时。练武休息时，梅子提出让我到她家看一看，我从来没谈过朋友，也不知如何处理这种事，一切我都同意了。20岁的大男孩，稀里糊涂，跟着梅子来到了她的家。那天，她的父母都在家，还有两个哥哥，她

俩人的话题很快又转到了考学。

的家不算大。进门后，梅子把他爸妈介绍给我，我喊声大叔、大婶，后面就紧张得不知说什么好了！

在他家呆了十多分钟，对我来说这十几分钟就像十几年。梅子觉得我不自在，就说："我们走吧。"出了梅子家，我感觉到了从来没有过的放松。我们沿着正阳街向西边慢慢地走着，话题很快从她家又转到了考大学的方面。从梅子的言谈中我感觉到，如果我想和梅子能长期交往，以后生活在

一起，自己必须还要上一个台阶。临别时，我邀请梅子什么时间能到我家坐一坐。

　　一周后的晚上，梅子来到我家。那天她穿着一件红色的休闲式上衣、一件黑色的裤子，脚上的黑色棉皮鞋似乎一尘不染。见她进门，我赶紧迎上去，让她坐在椅子上，就在她将要往下坐的时候，我忽然拉住她说，你还是坐在炕上吧！她看了看椅子上的脏迹，没说什么慢慢地坐在了炕沿上。我感觉到我家的环境似乎与她的存在不协调，灰暗的灯光照在低矮的空间内，显得特别的压抑，梅子坐了一会就走了。

　　家里人都认为她不适合在我们这个既没社会地位又没经济实力的家中生活，她不是我们一个社会层面的人。

她真的不适合于我吗？

报 考 受 挫

　　1983年3月哈尔滨师范大学美术系开始招生了，我下决心一定去考一考。当时美术考试都是先把考生作品邮寄或送到招生学校，然后等待学校颁发专业准考证。如果考生的作品不过关，那连考试的资格也就没有了。我能行吗？我问自己，还是问问任老师吧！

　　一个周日的下午，我到了任老师家。

　　"任老师，我想考哈师大美术系。"我底气不足地跟任老师说。任老师想了很久，说道："天志，这样吧，我这还有点习作，我给你挑几张，拿去用吧！"我理解任老师，我的作品可能还是不行。可是，拿着老师的作品报考，实在是让我羞愧。更何况老师的那几张习作他自己也很喜欢。

　　怎么办！不考了吗？不行！就丢一次人吧！以后一定努力学习，要超过老师画的水平！我知道这次如果能考取哈尔滨师范大学美术系，也不是凭自己的本事，心里真难受……

　　任老师挑了几幅心爱的习作，与我一起踏上开往哈尔滨的火车。

　　我们先到了任老师的好友——哈尔滨师范大学美术系的一位政工老师家。这位老师很热情地接待了我们，一阵寒暄之后他说："现在考美术的考生大部分在找关系，关系考生太多了！恐怕我也帮不上忙。"任老师没有说话。

我能行吗？

　　当天下午，我和任老师去哈尔滨师范大学美术系报了名。接待报名的老师拿起我们的报名作品看一看，任老师问他感觉如何？"水粉画色彩关系不对"，招考的老师说。我突然觉得头翁翁直响，这次恐怕完了。任老师低下头没有说话！

　　我耐心在家等了一个月，哈尔滨师范大学美术系没有任何音讯。

　　太漫长的一个月了！

初次报考受挫后,我开始深刻地反思……经常给自己提一些问题……

我又恢复了往日的学习和工作习惯,每天上班、画画。

不能把自己关起来!

1983年6月底,突然接到了哈尔滨师范大学美术系的一封信,很奇怪怎么这个时间他们给我来信?当我急忙拆开后,方知道原来是哈尔滨师范大学美术系暑假办美术高考补习班,通知全省所有报考该校的考生参加。这是一个机会,我一定要去。这次我没有同任何人商量,只是在单位请了假,就急忙奔赴哈尔滨学习。也就是通过这次学习,在我的美术考试生涯中起了一个重大转折。

1983年7月的哈尔滨师范大学美术系,可以用"人山人海"几字概括。全省的美术考生,来了几千人,忙得美术系的老师团团转,当然他们也有一笔不小的收入。听哈师大老师讲课,看他们亲自动笔画画,观摩他们的大量作品,真是深受启发。由此见到这么多安达以外的优秀美术老师,自己对绘画也有了新的认识。

不能坐井观天,不能把自己关起来!安达太小了!我必须走出来!

在哈市短短学习一个月，我的世界观改变了！大多数来学画的学生，学习结束就准备返程的事了。我到处打听哪里还有这样的补习班，我实在不想让我刚刚获得的会画捷径，就这么完了！终于在一位哈师大美术系老师

1983年我在哈师大暑期班短训班的写生作品之一。

1983年我在哈师大暑期班短训班的写生作品之二。

那里得知，哈尔滨师范大学附近有常年办的美术补习班，太好了！太好了！

回到安达。我把自己这一个月的绘画作品拿出来在家中张贴好，请安达一起画画的朋友观摹，这大概也是炫耀吧！很成功，大家很羡慕！我的虚荣心也得到了满足！任老师和崔老师看了我在哈市学习期间的作品，都说进步非常大。既然有了进步的途径，我没有理由不去继续学习。我向父母提出到哈市学习，他们都反对，理由是在安达三百的这份工作来之不易，如果出去学习单位是不会留身工这位置等我的。那个年代，我的工作被称为"铁饭碗"，而且是当地最好的"铁饭

到底应该怎么办？

碗"，失去了，当然不会再来！

我开始犹豫，到底应该怎么办？难道自己的追求是不现实的？会没

结果吗？外面的世界不属于我吗？我的绘画就在安达吗？梅子会希望我在安达吗？

想到梅子我突然又有多了一份自信。不管怎样，我去努力拼了，即使不成功我决不后悔。

经过几天的思想斗争，我终于向安达三百的领导提出停薪留职。老领导们感到很惊讶！书记说："小张，可没有后悔的药，你走了，万一失败怎么办？"我沉默了一会，说："我已经决定了，请你们帮忙批准吧！"没几天，单位领导争批准了我的请求。

大多数的同事认为我脑子出了问题。

有些同事说我有志气，但大多数的同事认为我脑子出了问题。

一切随他们讲吧……

正如萨特所说的："人生的课题就是选择。"我选择了出去学习，至于别人选择什么路那是他们自己的事。

9月份的东北地区已感到一丝冷意，寒风已起，树叶尽落，白桦树只剩下光光的枝干，看上去有种特别凄凉的感觉。

我告别了父母，梅子把我送到了火车站，我想握握她的手，可是没有勇气。最后我还是咬了咬嘴唇，扛起行李，背起画夹，拿起画箱，迈着沉重的步子踏上了南去的火车。

我挥挥手。梅子，我会走出安×的！我在

我迈着沉重的步子，踏上了南去的火车。

心里向梅子下了保证。

我不敢回头，我害怕我再下火车，一切又都会恢复从前……

省 城 求 学

　　到哈市后，按任老师的意思我先拜访了他的好友程万明老师。

　　看在任老师的面子，程老师在百忙中抽时间带我到哈尔滨师范大学附近的白家堡租房子。那一带居住大量外市县的美术考生（业内许多人称他

我第一次租的房子。（1984年重游故地时写生）

们为"X考生"，也就是这些考生的前途都是个未知数），甚至也有一些内蒙古的美术考生借住在那，原因是离哈尔滨师范大学很近，房租也比较便宜。我和程老师来到白家堡，眼前呈现的一片房屋同我家居住的房子一样，都是非常破旧。我们来到一家用木板围起的院子前，程老师喊了一声："家里有人吗？"一会儿，从房间内走出一位30多岁的个子矮小的大姐。大

姐看到我们很高兴，"快进屋吧！"大姐说。显然程老师已经来帮我联系过住处了！我和程老师一同走进房内，房子不算大，进门就是厨房；朝南有一大间：一铺炕、一张饭桌、一个梳妆台，陈设特别简单；朝北有一小间，房内只有一铺炕。大姐说："你就住在隔壁的小间吧！"我急忙问房费多少，"这里还住了两个学生，每人每月交10元。"大姐说。我想价格还可以吧！那时我在三百商店上班每月收入是30多元，不过，停薪留职就什么收入也没有了。程老师坐了一会就走，临别时告诉我，前几天任老师给他打过电话，让他在哈市多关照我。我听后心里感到热乎乎的，我有这么一个关心我的老师，真幸运！

晚上我见到了一位同室住的考生，他个子不高，很瘦弱，来自大兴安

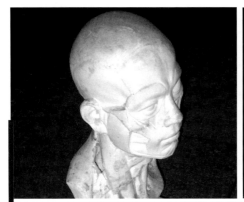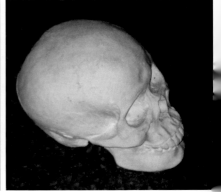

同室的考生把人头部的解剖关系全部讲解一遍。

岭，已经在哈市学了4年多，对哈市比较熟悉。他见我刚来而且对他也比较友好，就向我滔滔不绝地讲述他所知道的一切。讲累后，他突然问我："你想到那个班学画画？""我去哈师大杨老师的班。"我说。"你应该去道里文化馆，那里的升学率在咱省最高，去年有一半的考生考上了大学。"他着急地对我说。"真的吗？"我很惊讶地问。"我不会骗你，只是要进那个班很难，要有点真功夫才能进去。我看看你的画行吗？"他又说。"行，帮我讲讲吧！"我回答。我赶快把我的画给他看，惟恐他改变主意。他看了我的素描，说道："你的素描解剖关系不准，经不起推敲。"接下来他就把人头部的解剖关系全部讲解一遍，我一一记下。说来也怪，那时的记忆

力特别的好，第二天在寝室里画素描，头部的骨点，面部肌肉的穿插关系基本上体现了出来。同室的画友特别惊讶，也认为我理解力、记忆力有点超群。其实也可能不是记忆力的事，这么多年学习的积累，有人系统地讲一遍，也就贯串起来了。

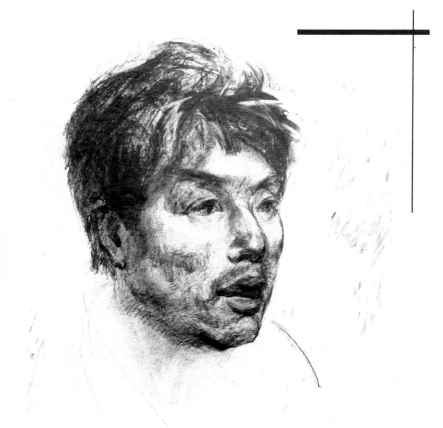

我在哈尔滨师范大学几个知名老师联合办的美术班中的写生作品。

　　哈市的道里美术补习班每年要10月份开班，因为离开班还有一个月的时间，我就到哈尔滨师范大学几个知名老师联合办的美术班中学了10多天。这期间安达的好友小力也来到哈市，他也准备到道里文化馆美术班学习。他通过省内一位著名画家拿到一封推荐信。当我看到推荐信后，觉得来了机会，我说："小力，你去道里文化馆时，带我一道去吧。"小力想了想说："这介绍信只写了我一个人，你去恐怕也没用。"我说："我们一道试试看吧！"

时间很难熬，好容易等到了道里文化馆美术班招生的时间，我和小力带着各自的作品一同来到报名学习的地点——道里文化馆。道里文化馆对考生的要求确实比较高，不像其他的美术班交钱就可以学，这里需要先考试，然后根据考生的绘画水准，来决定是否可以在这班里学习。不过，这次小力是带着推荐信来的，我想他是没问题的，而我不知道到底会是什么结果。

拒 绝
◎
走后门的考生

小力把美术老师的门敲开。

咚、咚咚，小力把文化馆美术老师的门敲开。有位戴眼镜的瘦高中年男子从门内缓缓走出，"你们找谁呀？"中年男子轻声问道。"我们找刘老师，"我赶紧抢着回话。我知道这是不礼貌，应该是小力回答话，却让我给说了。"啊，什么事？"瘦高中年男子又问。小力拿出推荐信给他，他看了看推荐信说："我就是，你的作品带来了吗？"这次刘老师是对小力说的。小力回答："都带来了。"刘老师让我们进屋把作品拿出来，小力把作品递给刘老师，我也顺势把作品递给刘老师，刘老师看了看我。小力说："他是我们一起的。"刘老师看过小力作品后，又把我的作品仔细看了一遍，最后他说："你们还是要考试的，如果考得好，我们也希望好的考生留在我们这。我和小力相互看了一眼……

第二天，我和小力来到道里文化馆参加学习班考试，没想到我们这个考场60多人，画出的画竟然没有比我和小力好的。我们俩都很高兴，我们已经预感到考试的结果了。

又过一天，我和小力一起来看学习班录取名单，虽然我们已感觉到没问题，可是当看到学习班录取名单时，还是免不了心里乱跳。当然，结果还是我和小力预想的那样，我们都排在名单的前面。我特别的开心，似乎已找到成功的阶梯。就这样，我开始了道里文化馆的美术学习阶段。

应该说这个班在哈市确实是个一流的补习班，素描和水粉画老师都是黑龙江省内著名的画家，并有着丰富的教学经验。与其他班相比较，这个班的考生也是一流的，这么多比较突出的考生聚在一起学习，都为了一个追求——考大学。因为都是一流的考生，所以竞争意识也都很强，几乎每个人都把学习时间抓得很紧，都非常自觉，惟恐自己落后。然而每个考生的积累确实也不一样，感悟程度也有区别。

我似乎已找到成功的阶梯。

相比之下，我和小力比较好一点，我们俩的作品经常被当作范画，挂在教室。现在想一想，这样确实也激励了所有的考生奋起直追。

过了两个多月，小力因为家中需要他回去上班，没办法，他只能暂时放下考大学的理想回家去了。送走了小力，我觉得孤单了一些，然而，对

1983 年在道里文化馆学习期间的习作之一。

1983年在道里文化馆学习期间的习作之二。

1983年在道里文化馆学习期间的习作之三。

理想的追求不允许我过多地花时间去体味朋友间别离的滋味。

经过几个月集中时间 的美术训练，我确实感到进步很快。我开始联系文化课的补习事情， 正好，哈尔滨师范大学美术系联合该校的音乐系办了一个 艺术类的文化补习班，每天晚上5点30分上课。这 正是我要寻找的补习班！交了钱后，很快 我就开始补习文化课。

在哈市学习期间，因为房钱以及学生流动的关系，我先后换了多个住处。不管到哪住，我寻

房租太高了！

找同住伙伴的标定是在哈市美术优秀者愿意同子的人默化地影费掉。

在哈市的生活卫生得小力临离时小力

开哈市前我住在他叔叔

准一考生中最之一。我不那些混日在一起，他们会潜移响我，把时间白白浪

我只想学习，连自己都不能顾及了，记们搬了一次家（那家），当小力帮我

把褥子拿起来时，看到褥子下面已经长绿毛了，充满了水汽。他惊呼："这么冷的天你怎么会睡在这上面！"我什么都没说！冬天，东北的房间内是需要取暖的，然而我们同住的三个考生天一亮就出去画画，晚上又要去读文化课，甚至在来回的公共汽车上也要复习所学的课程。等到晚上１０点多钟回来时，已经累得不得了，哪有力气再烧炕,再说,烧炕还得多花不少煤钱，我们哪来那么多钱！只好硬挺过来了！

1983 年 11 月，所有美术考生都急于准备报 考 作品，我更 没 有时间照顾自己。那 时我同两个 考生高手住 在一起，一 个叫 高山，一 个叫 姚光浦，他 们两 个画得 非常突出。高山是素描和速写画得好，姚光浦是水粉画画得出色,他们俩

我好冷啊！

有两个共同点，一是特别喜欢干净，二是文化课都一般化。我忙于抢学绘画和文化课，总是邋遢不已，真对不起他们了！有一段时间我全身长满了湿疹，让这两位爱干净的画友确实非常难受。好在画友也知道我是玩命学习的人，也就在理解中挨过来了！

有种无可奈何的味道！

仓 促 迎 战

　　1984年1月，我匆忙地把报考作品准备好，发往了全国各大美术院校。这次报考我没有局限黑龙江省内的艺术院校，自己感觉绘画能力已经到了一定的高度，可以在全国重点艺术院校拼一下了！我先后报考了中央工艺美术学院（现为清华大学美术学院）和浙江美院（现为中国美术学院）。作品发出近半个月后，道里文化馆的同学有5人拿到了专业准考证，其中有一名在班级专业最差的同学竟然也拿到了准考证。我在想是不是我的准考证寄丢了。

1984年我报考大学前的写生作品之一。

1984年我报考大学前的写生作品之二。

1984 年我报考大学前的写生作品之三。

焦急、猜测……

足足等了近两个月也没有接到准考的通知，一直等到中央工艺美术学院专业考试那天也杳无音讯。

我彻底失望了！

我开始怀疑自己的绘画水平，难道我还差得很远吗？

心里特别难过，那一天我没有画画，也没有读书，一个人沿着住处附近的和兴路漫无边际地走着，也不知道走了多少路，几次差

我彻底失望了。

点被汽车撞着，也不知司机骂了些什么。

黄昏时，我又回到了住处。刚进门，突然看到梅子在我房内，我以

眼睛看花了，揉揉眼，是她！"你怎么会在这？"我惊讶地问她。她看了看我，用微弱的声音说道："我已经听说你没拿到准考证，我是向你来告别的，过些天，我就要去北京了！""什么时候走？什么时候回来？"我忙问。"不知道，也可能不回来了！"她说。我低下头，大脑处于空白状态。

　　我们一起走出房间，沿着马路一直往东走着，谁也不说话，默默地、默默地走着……

　　突然梅子开口了："小张，我们结束了吧！""为什么？"我不由脱口而出。她低着头说："我们不合适，你的家我也不喜欢。"停了一会，她又告诉我说她的男朋友应该是出类拔萃的。

　　"我们没有余地了吗？"我问。梅子说："你

为什么？

回去吧，不要送我，我先回安达。"梅子没有直接回答我的问题。

　　与梅子分手后，我回到住处，见到院门口有一棵手臂粗的树好像对着

我在笑，我气极了，也不知哪里来的力气，冲上去就把它一下折断了。看你再笑！我在折断的树干上又踩了一脚。

似乎宣泄出一些什么。

可接下来还是痛苦、失落、孤独……

同室的画友，看到我似乎精神垮掉了，过来安慰我，讲了一些大道理，我实在听不下去。

等到半夜画友看到我仍然呆呆地站在窗边就说："天志，别难过了，我们谈点别的事，我帮你打听一个人吧？"我知道他是想分散我的注意力，不想让我太伤心，可我不想跟他谈任何人，但是碍于同室画友的面子和好意，我又不能拒绝。

"你打听谁呀？"我漫不经心地问道。"褚婷。"他说道。褚婷这个人在安达有一定的名气，毛病主要是和较多的男人关系过于亲好。那时我比较单纯，再加上情绪本来比较低落，没想过多，就实话跟他说了。同室画……

这一天我痛苦极了！

友听说后，脸红一阵白一阵，最后竟然指着我的鼻子说，"你胡说八道，你知不知道，褚婷是我的女朋友？"我恍然大悟，可那时实在太认死理，我只说了句："我又没骗你。"

同室的画友非常地生气，连砸了几个酒瓶子。我也很后悔不该告诉他实情，其实我对画友和褚婷都没有什么恶意。还好，这件事后来并没有影响到画友和褚婷的关系。

可是，那天晚上画友再没有同我讲一句话。

我的心都要碎了！这一天我痛苦极了！

一个晚上没有入睡，早晨勉强爬起来，真不知道今天该做些什么！忽然听道院内有人问："张天志住在这吗？"听房东回答："是在这。"我抬头往窗外望去，看到是大舅妈来了。大舅妈家住在哈市，这一年多来对我非常关照。我的来往信件一般都寄到她的住处。"大舅妈，您怎么来了？"我迎出去低声问道。大舅妈说："杭州有一封信，是给你的，我怕有什么急事，就给你送来了！"杭州的浙江美院也是我报考的一个学校，因为中央工艺美院没有来准考证，像浙江美院这样对绘画要求更高一些的学院，我就更没敢奢望拿到准考证。谁想到竟然来了一封信，到底是什么内容，我不敢多想，我用略微颤抖的手接过舅妈手中的信，心里祷告着是"准考证"……这回没有让我失望，确实是浙江美院的专业准考证！

我的心情一下好了很多！这次终于有了让我参加考试的机会！

"吟……吟……"，寝室走廊里的铃声把我从往事的回忆中惊醒。又一个晚上没有合眼！我急忙起床，收拾完毕，到戏剧学院的餐厅买了点心。从餐厅出来，我仔细参观了戏剧学院内的建筑并品赏了她特有的景观，总的感觉是她是一个小而精的大学。她的每一个建筑，每一个景观都耐人寻味，仿佛使你进入了一个有着深厚的历史积淀又不乏都市气息的艺术圣殿。

我暗叹道这些年自己没白努力……

今天班级的同学大部分来报到了，他们来自于上海、天津、武汉、长沙、南昌等一些知名的大城市，只有我来自一个地图上难找的袖珍小城。因为还没有正式上课，班级的几位老师先后来看了看我们这些新同学。从班主任那得知，我们的绘画老师是上海绘画界最有影响的李山老师和一位非

现代化的戏剧学院图书馆。

各种功能配置齐全的实验剧院。

上海戏剧学院教务处办公楼。　　　　　上海戏剧学院的后勤办公楼。

曾有数不清的影视界名人在此就过餐的校园餐厅。

与大自然融为一体的上海戏剧学院的校园小道

绿色覆盖下的幽静的上海戏剧学院校区。

常有才气的胡项城老师；专业设计老师是全国著名舞台设计专家胡妙胜老师。又听班主任说，上海戏剧学院目前只有两位国家级专家教授：一位是戏文系赫赫有名的余秋雨老师，一位就是舞美系的胡妙胜老师。

我们班真都是些幸运儿，有这么好的老师任教，我们如果没有点成绩出来真是对不起他们！同学们自我介绍后，我们班的政治辅导员陈子平老师说："大家先休息两天，买点自己用的东西，后天就正式上课了。有什么困难你们对我说好了！"送走了和蔼可亲的老师们，同学们三三两两到商

全班同学与绘画老师合影，前排中间俩位是李山老师（右二）、胡项成老师（右三），后排右二为我。

店买东西去了！

我一个人静静地坐在床边又陷入了深深的回忆……

我拿到浙江美院的准考证，一看没几天就考试了，急忙把考试的用具准备好。我得回家要点钱好去杭州参加考试（1984年报考浙江美院的考生

都要到杭州参加考试)。我想先不给家里去电话,直接到家让父母有一个小小的惊喜……

我回到了分别近一年的家乡——安达。觉得小城那么的亲切,那么的温情,我真想拥抱她一下……

我走得很急,鬓角已经流汗了,我随手摘下棉帽,让春风尽情地吹拂着我的头发,路上的积雪有些融化,严冬就要过去了。

咚、咚、咚,我重重地叩着家门,里面的大黑狗知道是我回来了,它赶紧用爪子扒着门角,可是它没有能力为主人打开门。一会儿,母亲蹒跚着走来开门,"谁呀!"母亲问。"是我。"我赶快回答。"你怎么回来了?"母亲慌忙打开门说。"妈,我拿到

我回到了分别近一年的家。

了浙江美院的准考证,过两天就去杭州考试。"我欢快地跟母亲说。母亲听说后很高兴,可很快脸色变得为难地说:"到杭州可要一笔不小的钱哪?"我点了点头。母亲在小院内站了一会说:"我给你整一点吃的。"我说:"我饿坏了,有啥我先吃点吧!"我把包往炕上一扔就赶紧去打开碗架的上门,里面有一盘大酱、几根葱、一个小盘内还有几块咸菜,找了一会儿又在碗

架的下门里找到几个玉米面做的大饼子。我狼吞虎咽地吃了起来。母亲那边帮我炒鸡蛋，我知道母亲整日辛苦养几只鸡，下的蛋是舍不得吃的，这些蛋一是孩子们回来后吃点，二是剩下的拿到街上卖掉后来贴补家用。母亲退休较早，拿着一点点微薄的工资，父亲的退休收入每月除了偿还过去养一帮孩子时欠下的债务外，剩下的也只能勉强维持家用。

　　我正品尝着家中的"美味"，突然听到开门声音，我知道是父亲回来了。父亲是个非常忠厚的人，对什么人都很友善，在单位上班时，经常是逆来顺受，从不与任何人争执，但是他手很巧，什么技术活都会干：做木匠活、

出去考试太难为父亲了！

做铁匠活，甚至画也画得很好，并且写了一手好字。父亲看到我特别兴奋，"最近怎么样？你画的画带回来了吗？"父亲问我。"好的画我都当报考作业了，差一点的我也没有拿回来"我回答。父亲笑了笑说："是不是画得不怎么样，拿不出手给我看。""不是的，这次我是要到杭州考试，是回家想要点钱。"我回答。"你拿到准考证了？"父亲问。"拿到了。"我高兴地回答。父亲的嘴角往上一挑，眉毛也舒展了，随之又面露难色。"你先吃饭，我到北屋去一下。"父亲边往外走边对我说。我的饭有点咽不下去了，我知道，出去考试，太难为他们了！过了半个小时，父亲回来了。"栓柱（我的

乳名），家里只有50元钱了，实在没办法了！怎么办呢？"父亲很伤心地说。我没说什么，我知道就是这50元钱，实际也是他刚借来的。

一片沉默……

第二天我准备返回哈市，因为到杭州要从那里动身的。我很想到梅子家看一看她，也不知她去北京没有。哈市一别，我没有跟她再联系过，可是她已经跟我说分手了，再去看她确实不太好，况且在我非常痛苦的时候她提出跟我分手，实在也让我伤心。我正犹豫着，房门突然打开了，来了几个非常要好的哥们，有小力、德才、忠良、建飞等人。他们听说我回来了，急忙都来看我。我赶快伸出手迎了上去。这些人即是哥们也是画友。听说我马上要走，大家吹了一会，就帮我背包的背包，拿画夹的拿画夹。刚要出门，又听到院里的大黑狗叫了几声。紧接着一个柔美的女声问道："天志在家吗？"大家一愣。还没等里面的人回答，一个身着白色绒衣气质极佳的女生进了屋。是梅子！怎么会是她？她不是说跟我分手了吗？她不是说要回北京吗？

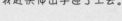

我赶快伸出手迎了上去。

我惊愕地看着她。

"你怎么不说话了？不欢迎我来吗？"她问。

"欢迎、欢迎。"我不知所措地答着。"哦、哦，我来介绍一下，这是梅子。这是德才、忠良，小力你见过……。"我又急忙地为他们一一介绍着。梅子看我马上要走了，就从兜里掏出30元钱和一小盒仁丹，"天志，你带上，听说过些天杭州很热的，这仁丹对你有帮助。"梅子看着我说。"你怎么消息这么灵通？我刚回来你就知道？"我低头问她。她没有回答。

父母亲把我们送出了家门，站在门口看着我们一直在他们的视线中消失。我的哥们和梅子还有家中的大黑狗一直把我送到了火车站。望一望熟悉的小站，看一看送行的哥们，瞅一瞅不知还是不是我的恋人的梅子，我什么也说不出来。我摸了一摸我家黑狗的头，它用舌头舔着我的手，它是我一手带大的，我知道它的心情……

向给我送行的人挥了挥手，我又再次离开了我的家乡——安达。

梅子注视着我远去的火车，沉默不语……

望一望熟悉的小站，我心里有种说不出的滋味。

开往上海的火车上（哈市没有直达车到杭州），我遇到在哈市一起学画的两个同学，我搭在同学的座位边，跟他们聊起画画的心得。谈了几个小时，到了吃饭的时间，两个同学拿出在车站买的点心，让我一道吃，我说："我吃过了。"实际当时我非常的饿，可我的包里只有四个馒头，这是我到杭州前的全部伙食，我一定要节省一点吃，否则就惨了！过一会，前面的车厢开始验票了，我跟同学说："我到后面的车厢走一走，你们帮我照顾一下包吧！"同学很爽快地答应了。其实，我是看见验票的乘务员非常害怕，因为我是买了一张站台票上的车，我实在没有钱买车票。我走到后面一节车厢，看见一位老大爷在打瞌睡，就很友好地跟他说："大爷，我太困了，想到座位下睡一会。"大爷看看我，说："我这腿动也不方便，你再找个地方吧！"我赶紧离开，想去找别的地方躲一躲。这时，大爷对面的一位中年男人说："小伙子你到哪去？"我说："去杭州。""干吗去？"他又问。"考学。"我想离开，急忙回答他说。那个中年男子笑了笑说："我知道你的意思，你就在我的座位下躲一躲吧！"我感激地说了声："谢谢！"

就急忙钻到座位下面。还没等我躺稳，就听到检票员检票的声音，在几位乘客的掩护下，我终于逃过了这一关。等到我慢慢平静下来以后，才感觉到座位下的几双鞋味道实在难闻，我想出来，可又怕再难遇到这么好的乘客，忍着吧！

　　一直挨到第二天傍晚，我饿得实在受不了，才出来，到同学那要回包拿出2个馒头吃掉，然后跟同学聊了两句又赶紧到后面的车厢躲了起来。

　　就这样，在怪味熏天的座位底下我终于盼到了到上海的广播声音……

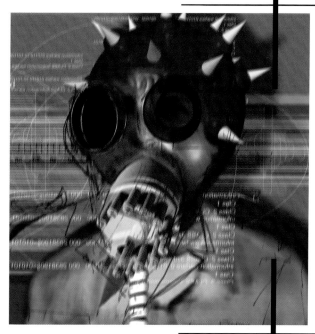

我急需要这样一套装备。

　　转车到杭州后，杭州的街景让我这个来自东北平原小县城的毛小子惊呆了，这是个如诗如画的城市，太美了！太美了！

　　因为提前一天到杭州考试，抽时间逛了一次西湖和岳王庙。像西施一样美的西湖，让我留连忘返，家喻户晓的忠魂，让我肃然起敬。无论如何，付出多大的代价，我一定要到杭州来读大学，当时自己默默地下了决心。

一切只能听命运的安排了！

1984年，我考浙江美院的专业是装潢专业。考试那天素描和水粉画静物画的都比较好；专业创作考的是风景画，虽然自己在商店混了这么年，然而，平常都是以写实风格在为商店画画，一旦真的到画装饰画时，也感到吃力，交卷时看了几张其他考生的作品，自己感到这次恐怕完了。一切只能听命运的安排了！

回东北后又参加了一次上海戏剧学院舞美系的考试，同样基础课考得比较好，创作考得一般化。上戏的创作考题是用唐宋八大家之一的柳宗元作品《江雪》。他的"千山鸟飞绝，万径人踪灭。孤舟蓑笠翁，独钓寒江雪"的绝妙意境，我没有表现出来。创作时，我只在玩弄绘画的技巧，作品技法看上去很棒，也表现出似乎一种凄凉的感觉，但是没有跳出概念化的框框，仍然像其他普通考生一样画一位披戴蓑笠的老者在下雪的江水边独钓，实在没多大创意。

1984年我虽然拿到了两张文化课考试通知单（当时美术类考生凭美院发的文化课考试通知单才能参加文化课考试），并且文化课考的也比较好，然而最终期盼的结果是一样的，两个学校的创作课考的分数都是60多分，无法被录取。

怎么办？有些亲人和朋友出于好心劝我回去上班！

这样的"江雪"意境我没有画出来。

考大学太不容易了！说句实在的，那年头不像现在各类院校都在扩招，艺术类院校就招那么点人，考起来确实有难度。家里生活困难也确实需要我挣钱养家。

犹豫……彷徨……

到底是否还坚持下去？

想想如果继续回去上班，那一切又恢复了从前，甚至于美工都作不成了！

什么时候能实现自己的理想？

什么时候能摆脱贫困？

什么时候能与自己的另一半结合？

想到另一半，我突然觉得梅子好像又不太适合于我。这次回到安达一个多月了，还没有见到她，她已在我回安达前两天去北京了，几天前来信说不会再回来了。她的消息灵通，已经知道我名落孙山了！

到底是否还坚持下去？

破 釜 沉 舟

几个不眠之夜，先贤荀子的名言"锲而不舍，金石可镂"一直在我耳边回响。

最后想通了！不破不立，破釜沉舟，再干一次！也许离成功就剩下前面一点点的路……

没有跟任何朋友讲，辞别了父母，我又踏上了去哈市的火车。当我正进车站时，一个非常熟悉的声音突然叫我一声"天志"，回头一望，让我吃一惊，"你，梅子，你怎么又回安达了？"我惊讶地问着。"我刚刚去过你家，你妈说你刚走，我就追来了。"梅子回答我。我半天没说出话来，又沉默了一会，我脑子里像看电影似的把我和梅子的结识以及一年多的情恋过了一遍。也别耽误人家，我只是一个X考生，将来自己到底是什么结果，都是未知数！"梅子，像你说的我们已经结束了。你别送我了……我到杭州考试时你送了我30元钱，我非常的感谢，将来我有钱时会还你的。"我低下头对她说。

她没有说话，过了一会眼泪簌簌地从她脸上流了下来……

我也不知道是如何进车站的，我回头告诉她："我在杭州给你买了一双非常漂亮的鞋，在我家里，你去拿一下吧，留个纪念。"我不敢再回头，快步奔向南去的火车……

到哈市后，生了一场病，躺了四天。

对自己的爱情和学习认真作了反思……

爱情先放下吧！目前考大学最重要。

可是怎么样才能考上国内一流大学校呢？是自己不够努力吗？不，是缺名师指点，优秀作品看得少。

最后决定请任老师帮忙。

任学忠老师托人帮我引见了他的老师孙越池先生，孙生是当时黑龙江省首屈一指的素描老师，业内公认的素描泰。孙先生碍于任老师的面子，接见了我。当我把我的作品拿给他看时，他的眼睛一亮地说："你有潜力，有激情。这样吧，明天你就到我家来画。"孙先生很爽快，也很热情。就这样，我有幸得到了孙先生近一年的指导。

我到孙先生家学习两个月后的作品。

在孙先生指导期间，我去了一次沈阳的鲁迅美术学院，在那里又相继得到当时在校生王仁祥、孙铁等人的专业帮助，并见到了鲁迅美术学院教师韦尔申等人的素描、油画原作，受益非浅。我又从沈阳转到北京中央美院，那时，我不熟悉任何中央美院的师生，没办法，只能混进去，看到哪个班开着门就往哪里进，每到一个班就如饥似渴地揣摩教师和学生的优秀作品。在沈阳期间靠朋友王仁祥的介绍，几乎住进了一个考生的家里，厚着脸皮在人家吃了十多天

参观各个美院，对自己的绘画进行反思。

饭，到北京那些天可惨了，每天只能吃一顿饭，晚上找一个没人注意的地方躺下就睡。这样在北京混了一个星期，先后又去了中央工艺美院和中戏剧学院观摩。

回哈市后，我遇见了一个怪人考生——王志刚，当时这个考生已考了7年，色彩写生不论是静物、风景还是人物，都让人称绝，可以说很多名牌艺术院校的老师也不一定有他画得出色。说他怪，是因为他的色彩作品极为突出，素描作品却平平；看上去博学，经常谈论弗洛伊德、尼采、萨特以及凡高等大师名人，可文化基础课很一般；平日总穿着一身黑衣服，或者是一身白衣服；长得粗犷说话却慢声细语。怪人王志刚听说我的文化课在美术考生中比较突出就提出跟我合作。合作方式为我们俩和另外一个朋友共租一房，由我

合作对我色彩绘画水平的提高有一定的帮助。

教他文化课，他帮助我提高色彩绘画水平。没问题，我非常愉快地答应下来。一、三、五我给他讲文化课，二、四、六他跟我一起画水粉。三个月下来，我的水粉画已经大有提高，可王志刚的文化课进步却较慢。后来我猜想，可能是我的讲课水平有问题，另外就是王志刚当时对一女生比较好，学习上有点不专心。

与玉志刚合作其间我的色彩写生。

TYAN ZHY
85.

与王志刚合作其间我的素描写生。

经过1984年的考试，我也总结了一些经验，寻找出自己急待解决的问题，创作已经是我在1985年的主攻目标。在1985年1月考试前，我花了大量的时间研究国外经功绘作品，并花了较多的时间去读学、理及些学的籍，最努是自各面的修养。

我干脆每天放松了自己，只等考试来临了！

经过近一年的奋斗，我觉得自己已经达到了一个国家重点艺术院校考生的基本要求。离1985年专业考试最后一个月时，我干脆每天放松了自己，就看点休闲类的图书，画也不太画了，只等考试来临了！

在很自信地等待考试的期间，我相继认识了几位美女考生。在那个特殊的时期，无论如何也不敢有什么奢望的，一切都是为了考大学，为了走出去，因此无论美女考生对我多么友好，还是我对她们多么有好感，我只能用一种方法对待她们：回避。

那时我只能给自己的情感世界加一把锁。

75 年我考大学时期的写生作品之一。

1985年我考大学时期的写生作品之二。

1985 年我考大学时期的写生作品之三。

1985年我考大学时期的写生作品之四。

重 入 考 场

　　1985年所有我邮寄过作品报考的艺术院校都来了专业准考证，包括中央美院在内有7所艺术学院。由于有些院校的考试时间有冲突，最后我选定了浙江美院、北京电影学院、上海戏剧学院、中央戏剧学院、鲁迅美术学院，作为自己1985年参加考试的学校。

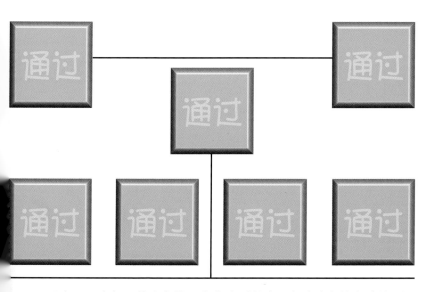

　　1985年1月中旬，首先考的是中央戏剧学院，考试地点就在该校，初试我顺利地过关，专业考试题目就是画该院内的风景。当时我很自信，没有把任何竞争对手放在眼里，可是，考试那天北京的天气特别冷，当我满意地把自己的水粉画写生作品完成时，我的手已经冻得不太听使唤；最糟糕的是，等我把考卷拿到暖哄哄的办公室交卷时，考卷上冰冻的部分开始融化、流淌，整个画面可以说流得一塌糊涂。这主要是我没考虑冬天在室外画画颜料不能太厚而造成的。就这样，1985年的第一仗打败了！

　　祸不单行，中央戏剧学院考试不顺利，在北京回哈市的火车上因为逃票又被抓住，险些被赶下火车，后由一个列车服务员说情，让我为整个列车内打扫卫生，才免去了一张车票，最后总算返回哈市。

　　1985年第二仗是北京电影学院。

该校在东北地区的考试点是在沈阳鲁迅美术学院内，第一场是考素描石膏像，由于考号位置比较好，所画的石膏像也是自己经常练习的，因而那天的素描画特别突出，周围很多考生，索性不写生了，直接临摹我的作品。第二场的色彩静物写生，考号的位置比较偏，在我的位置看静物，几乎每个静物都罗列在一起，没办法我只能在我的画面上加以调整所画静物的位置，不过最后总体效果还是比较突出，监考的老师在我的后面都禁不住对我作品直点头赞许。轻松拿下基础课考试后

素描石膏像和色彩静物画得特别突出。

我的心情特别的好，想着自己很可能就要去北京电影学院读书了，忍不住

哼起小曲"你来到我身边，带着微笑，也带来了我的烦恼……"

　　第二天专业考试，却一下让我手忙脚乱。1985年北京电影学院美术的专业考试是以速写形式画鲁迅美术学院院内的景色，当时，我的速写可以说是非常的差，平常对速写一点也不重视，基本上没练过，没办法只能硬着头皮上，结果是我自己都不愿意看我完成的作品。最后1985年的北影考试以速写不及格而告终。

　　1985年的第三仗是鲁迅美术学院。

　　东北的美术考生对报考鲁迅美术学院特别的重视，几乎是所有的美术考生都报考过该校。1985年在沈阳鲁迅美术学院院内的考场，可以用人山人海来形容，每

北影考试以速写不及格而告终。

考场都是人满为患。也可能是上天不想让我到沈阳去读书，那年鲁迅美

术学院初考只考素描，而我的考号位置是在站满了考生的考场的最后面一个位置。远远望去，模特长的什么样都看不清，等到完成作品交稿时，我走到了近处再端详模特，呀！他怎么和我在远处所看到的长相有这么大的差距！我预感到这场考试彻底完了，要跟鲁迅美术学院说再见了！

我预感到这场考试彻底完了！

在长春我将迎接两个学院的考试。

　　考完鲁迅美术学院后我的心情差极了，怎么会这样，难道今年就这么了吗？没有时间多想，当晚急匆匆从沈阳乘火车奔向长春，在长春我将接两个学院的考试：一是浙江美院，二是上海戏剧学院。

在去长春的火车上，虽然遇到了几次验票的麻烦，但在空下的时间里，我还是对前几次的考试作了反思，找到自己的不足，告诫自己下面的考试应该注意些什么。

浙江美院的考场设在东北师范大学院内，他们整体组织非常好，没有像鲁迅美术学院那样放了大量的考生参考。在发放准考证上浙江美院就严格筛选了一次，每个考场的人数不多，监管非常严，考试时监考老师不断地作笔记。1985年浙江美院油画专业素描考的是大卫石膏像，考试时我的素描气势画得比较大，采用较大的仰视视角，构图上也有些独到之处。而色彩静物写生，那就画得更加突出了，监考老师总在我的背后不停地记着笔记。这一次报考浙江美院我吸取了去年报考该校的失败教训，因而报考了油画系，这主要是我的作品绘画性比较强，工艺味道差了一点，也就是为了扬长避短吧！由于考的是油画专业创作，因此我专业考得也比较成功。浙江美院考试结束时，很多考生对我说，你今年考不上我们就更没希望了。这主要是当年很多东北考生都认识我，在他们的眼里我是佼佼者。

那年上海戏剧学院的考试让我终身难忘。

同样也是在东北师范大学考的。初试是素描静物和色彩静物。因为我在黑龙江省的考生中有些名气（当时黑龙江省的美术考生在东北乃至全国的美术考生中，基本功是比较过硬的，这主要是那时黑龙江省没有美术学院，考生想要往省外考，就要加倍付出心血和汗水），所以初考素描时，有些考生直接就临摹我作品，我当时也没在意。后来考色彩时同样也有很多考生在我身后临摹我的作品，我不免有些担心，如果这些考生把临摹作品交上去，那招考老师很难区分哪些是写生作品，哪些是临摹作品，我也可能被拉下来。急中生智，我在色彩考到一半时间时，临时改变色调。由于我前面是采用薄画法，改变色调时用的是厚画法，所以画面影响不大，而临摹我作品的那些考生，前期画的色彩略厚，等跟着我改变色调后，作品底色就泛了出来，画面的粉气也就跟着出现了，最后的结果是不言而喻的。

顺利通过初考后，我不敢懈怠，专心在想创作的问题。上海戏剧学院非常重视创作，1985年该校舞美设计专业的复试题目是"路边小憩的设计"。

当我怀着忐忑不安的心情进入考场，拿到这个考题时，我静静地思考如何才能出奇制胜。我首先考虑东北夏天大树下的荫凉，躺在大树下，哪怕坐一会也肯定比较舒服、惬意……

不行！

这个思路只能作为一般考生的作品，创意不够，南方考生画的树也可能比我画得好，我很快否定了自己。

上海戏剧学院是在上海，招考的老师对我们东北不熟悉，我应该画点东北特色的东西让他们开开眼界，可我画什么呢？东北有的是黑土地，产玉米，可南方也有玉米，怎么体现呢？比较难！至于黑土地，表现起来也有一定难度，怎么办？正在我无从下手的时候，我突然想到了松花江，想到太阳岛。1984年快开春的时候，我去太阳岛写生，回来时从冰冻的江面过来，那个季节，松花江的冰面有些融化，踩上去有点下沉，那次我的一只脚已经踩破冰面，我差一点掉进江里。如果掉进去肯定没命，我实在一点也不懂游泳，因为发生过这样的事情，我一直记忆忧新。这次也使我突发灵感，对，就画冬天太阳岛的江南江北的小路。想好以后，我多了个心眼，没敢急于动笔，因为我知道，对于东北考生来说画冰天雪地的景色实在不难，关键是想到它。因为在整个东北考区，上海戏剧学院可能只招一名设计班的学生，最多是两名，可整个考区有几千个考生，如果有人比我的创意好，我可能就没戏了！我先去洗手间打了桶涮笔水，在打水的路上，我顺便向其他考生的卷子望了一眼，看到考场的考生大部分都在画我的第一想法，那就是夏天大树下的荫凉处放了几根木桩。我暗自庆幸没和他们去比简单的绘画技巧。打完水回来后，我又等了一会，看一看表，还有一小时零十五钟结束考试，我就不慌不忙地开始了我的创作：在冬季，太阳岛附近的雪后松花江江面上，有一条蜿蜒的小路，江边倒扣几条小木船，木船边还有根拴船的木桩……

画面画得很明快，色彩是漂亮的灰色对比，画面效果很抢眼。等到其他考生看到我的作品时，也都如梦初醒，再想改他们的作品，时间已经不多了！我的作品一交卷，就被上海戏剧学院来招考的李山老师和徐家华老师作为优秀的考生作品抽出带走。

1985年我通过了4所艺术院校的初试，最终拿到了4张文化课考试准考证。总算比去年有所进步，自己安慰自己一番以后，其他什么都不想了，回安达准备参加7月份的全国文化课统考。在长春一天也没有敢停留，当天就搭车返回哈市，下了火车没出站台就又转乘火车回了安达。

1985年的文化课考试，我没有花过多的精力。回安达后，在老同学黄瑶的帮助下，请安达七中的几位老师划了一些重点复习题，每天悠闲地做一做。这主要是我高中毕业后，一直在自学文化课，最后到用的时候也都能应付自如了！

文化课考试结束后，每天就等着录取通知书。我的第一志愿报的是浙江美院油画系，第二志愿是上海戏剧学院舞美设计系，北京电影学院和中央戏剧学院我都没抱任何希望。那些天，一听到敲门声我就飞快地奔出去，看看是否来人送录取通知书。

1985年哈尔滨师范大学艺术系的录取通知书发得最早，我的朋友小力被录取了。我真替他高兴，他接到通知书的当天，我就被邀到他家喝酒，那天去喝酒的所有朋友全醉倒了，都为他高兴、祝福。我在高兴之余，不免有一些失落感，我是不是今年又完了？酒醒后，仍然是焦虑地等待……

每天焦虑地等待……

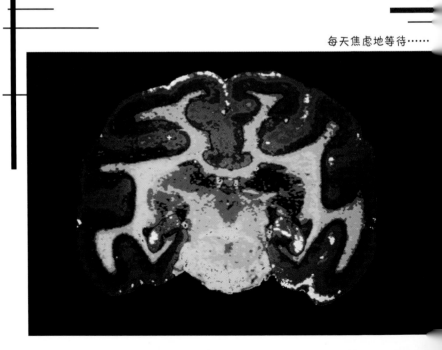

拥 抱 成 功

大概是在那年8月上旬的一天上午,听到大门外一阵自行车铃声响,我漫不经心地说谁闲得没事,在门口按自行车铃。过了一会,铃声还在不停地响,我不耐烦地走了出去。

一看是邮递员,我顿时精神起来。"张天志的挂号信。"邮递员对着我讲。"我就是。"我急忙回答。当我用颤抖的手接过挂号信时,我的心怦怦地跳着,我默默地祷告:"一定是录取通知书。"我打开挂号信后,看到的确实是我期待多年的上海戏剧学院录取通知书。别看错了,我又看了一遍,确实是通知我在9月2日前到上海戏剧学院报到,并办理户口关系等。我突然激动不已,一下子把邮递员抱了起来!

我终于考出去了!

不到一天的时间,我所有的亲人、老师、朋友都知道我被上海戏剧学院录取了!我家挤满了来祝贺的人。我是安达县第一个通过画画考到省外的考生!

那一天是我一生最开心的日子!

"砰!砰!砰!"敲门声音很重,上戏门房的老师傅在门外喊:"张天志电话。"我的回忆再次被打断。我匆忙跑到电话间,接起了电话,是哈市大舅妈打来的,她告诉我,浙江美院已给我寄来了录取通知书,是寄到她家的,她已经让她的小女婿帮我寄回了安达。我太高兴了!太激动了!浙江美院毕竟是我向往已久的学校。

过了一个星期,我专程到杭州的浙江美院去了一次。

最后,我还是决定留在上海读书,主要原因是:1985年浙江美院的油画系毕业生分配不如上海戏剧学院的毕业生分配得理想。我还是比较务实的。当然,也可能这是一个错误的决定!

考大学只是我万里长征的第一步,我知道将来的路很长,也可能很难走,不管怎样,这第一步总算迈了出去。我时刻不敢忘记德国卓越的作曲家舒曼的名言:"想成为一名成功者,必须先做一名奋斗者。"我相信,未来是美好的，只要有付出，就会有回报，结果只是时间问题。

不要怀疑自己，路就在自己的脚下……

我初到上戏读书时的几幅习作

上海戏剧学院画的第一张人体素描。

在上海戏剧学院画的第一张人物头像素描。

素描习作局部

我初到上海戏剧学院时的水粉画习作之一。

我初到上海戏剧学院时的水粉画习作之二。

我初到上海戏剧学院时的水粉画习作之三。

我初到上海戏剧学院时的水粉画习作